稼軒長短句卷之十

玉樓春

席上贈別上饒黃倅

往年龍從堂前路路上人誇通判雨去年拄杖過瓢泉縣吏垂頭民歎語　學窺聖處文章古清到窮時風味苦尊前老淚不成行明日送君天上去龍從雨巖堂名通判雨當時民謠吏垂頭亦渠攝郡時事

效白樂天體

少年才把笙歌醆夏日非長秋夜短因他老病不相饒把好心情都做嬾　故人別後書來勸乍可停盃彊喫飯云何相見酒邊時却道達人須引滿

用韻荅葉仲洽

狂歌擊碎村醪醆欲舞還憐衫袖短心如溪上釣磯閒身似道旁官堠嬾　山中有酒提壺勸好語憐君堪鮓飯至今有句落人間渭水秋風黃葉滿上諺云饞如鵒子嬾如堠子

用韻荅吳子似縣尉

君如九醞臺粘醆我似茅柴風味短幾時秋水美人來長恐扁舟乘興嬾 高懷自飲無人勸馬有青芻奴白飯向來珠履玉簪人頗覺十量車載滿

客有遊山者忘攜具而以詞來索酒用韻以荅余時以病不往

山行日日妨風雨風雨晴時君不去牆頭塵滿短轅車門外人行芳草路 城南東

野應聯句好記琅玕題字處也應竹裏著行厨已向甕邊防吏部

再和

人間反覆成雲雨鳧雁江湖來又去十千一斗飲中仙一百八盤天上路 舊時楓落吳江句今日錦囊無著處看封關外水雲侯剩按山中詩酒部

戲賦雲山

何人半夜推山去四面浮雲猜是汝常時

相對兩三峰、走遍溪頭無覓處。西風瞥起雲橫度、忽見東南天一柱。老僧拍手笑相夸、且喜青山依舊住。

用韻答傅巖叟葉仲洽趙國興

青山不解乘雲去。怕有愚公驚著汝。人間踏地出租錢、借使移將無著處。三星昨夜光移度、妙語來題橋上柱。黃花不插滿頭歸、定倩白雲遮且住。

又

無心雲自來還去、元共青山相爾汝。霎時迎雨障崔嵬、雨過却尋歸路處。侵天翠竹何曾度、遥見屹然星砥柱。今朝不管亂雲深、來伴仙翁山下住。

又

瘦笻倦作登高去、却怕黃花相爾汝。嶺頭拭目望龍安、更在雲煙遮斷處。思量落帽人風度、休說當年功紀柱。謝公直是愛東山、畢竟東山留不住。

又

風前欲勸春光住春在城南芳草路未隨流落水邊花且作飄零泥上絮　鏡中已覺星星誤人不負春春自負夢回人遠許多愁只在梨花風雨處

又

三三兩兩誰家婦聽取鳴禽枝上語提壺沽酒已多時婆餅焦時須早去　醉中忘却來時路借問行人家住處只尋古廟那邊行更過溪南烏桕樹

寄題文山鄭元英巢經樓

悠悠莫向文山去要把襟裾牛馬汝遙知書帶草邊行正在雀羅門裏住　平生插架昌黎句不似拾柴東野苦侵天且擬鳳凰巢掃地從他鸜鵒舞

樂令謂衞玠人未嘗夢搗虀餐鐵杵乘車入鼠穴以謂世無是事故也余謂世無是事而有是

理樂所謂無猶云有也戲作數
語以明之
有無一理誰差別樂令區區猶未達事言
無處未嘗無試把所無憑理說 伯夷飢
采西山蕨何異搗虀餐杵鐵仲尼去衞又
之陳此是乘車穿鼠穴
隱湖戲作
客來底事逢迎晚竹裏鳴禽尋未見日高
猶苦聖賢中門外誰酣蠻觸戰 多方爲

渴泉尋徧何日成陰松種滿不辭長向水
雲來只怕頻頻魚鳥倦
有自九江以石中作觀音像持
送者因以詞賦之
琵琶亭畔多芳草時對香爐峰一笑偶然
重傷玉溪東不是白頭誰覺老 普陀大
士神通妙影入石頭光了了看來持獻可
無言長似慈悲顏色好
乙丑京口奉祠西歸將至仙人

乙集今闕有贈人一首，起句風流標格；又送杜叔高行一首，起句橋兒排了時；此本所無

賀余察院生日

帖　　閣

磯

江頭一帶斜陽樹，總是六朝人住處。悠悠興廢不關心，惟有沙洲雙白鷺。　仙人磯下多風雨，好卸征帆留不住。直須抖擻盡塵埃，却趁新涼秋水去。

鵲橋仙

爲人慶八十席上戲作　甲

朱顏暈酒，方瞳點漆，閒傍松邊倚杖。不須更展畫圖看，自是箇壽星模樣。　今朝盛事，一盃深勸，更把新詞齊唱。人間八十最風流，長貼在兒兒額上。

和范先之送祐之弟歸浮梁　乙

小窗風雨，從今便憶，中夜笑談清軟。啼鴂衰柳自無聊，更管得離人腸斷。　詩書事業，青氊猶在，頭上貂蟬會見。莫貪風月臥江湖，道日近長安路遠。

壽徐伯熙察院　乙

豸冠風采，繡衣聲價，曾把經綸少試。看看

光庚

有詔日邊來便入侍明光殿裏　東君未老花明柳媚且引玉船沉醉好將三萬六千場自今日從頭數起

己酉山行書所見

松岡避暑茆簷避雨閒去閒來幾度醉扶怪石看飛泉又却是前回醒處　東家娶婦西家歸女燈火門前笑語釀成千頃稻花香夜夜費一天風露

慶岳母八十

八旬慶會人間盛事齊勸一盃春釀臙脂小字點眉間猶記得舊時宮樣　綵衣更著功名富貴直過太公以上大家著意記新詞遇著箇十年便唱

贈鷺鷥

溪邊白鷺來吾告汝溪裏魚兒堪數主人憐汝汝憐魚要物我欣然一處　白沙遠浦青泥別渚剩有鰕跳鰍舞聽君飛去飽時來看頭上風吹一縷

席上和趙晉臣敷文

少年風月、少年歌舞、老去方知堪羨。歎折腰五斗賦歸來、問走了羊腸幾遍。 高車駟馬、金章紫綬、傳語渠儂穩便。問東湖帶得幾多春、且看凌雲筆健。

西江月

江行采石岸戲作漁父詞

千丈懸崖削翠、一川落日鎔金。白鷗來往本無心、選甚風波一任。 別浦魚肥堪膾、前村酒美重斟。千年往事已沉沉、閒管興亡則甚。

壽范南伯知縣

秀骨青松不老、新詞玉佩相磨。靈椿準擬泛銀河、剩摘天星幾箇。南伯去歲七月生子 莫枕樓頭風月、駐春亭上笙歌。留君一醉意如何、金印明年斗大。

和楊民瞻賦丹桂韻

宮粉厭塗嬌額、濃粧再壓秋花。西真人醉

紹熙四年 辛年五十四（西九三）
按三月水調歌頭題云壬子三山被召此文言被召字盖連述之年移乃明已當道經建安耳

當是壬子作蓋其年過了中秋重九後久便被召離閩矣

憶仙家飛珮丹霞羽化　十里芬芳未足
一亭風露先加杏腮桃臉費鉛華終慣秋
蟾影下

癸丑正月四日三山被召經從
建安席上和陳安行舍人韻

風月亭危致爽管絃聲脆休催主人只是
舊情懷錦瑟旁邊須醉　玉殿何曾儂去
沙堤正要公來看看紅藥又翻階趁取西
湖春會

用韻和李兼濟提舉

且對東君痛飲莫教華髮空催瓊瑰千字
已盈懷消得津頭一醉　休唱陽關別去
只今鳳詔歸來五雲兩兩望三台已覺精
神聚會

三山作

貪數明朝重九不知過了中秋人生有得
許多愁只有黃花如舊　萬象亭中殢酒
九仙閣上扶頭城鴉喚我醉歸休細雨斜

風時候。

夜行黃沙道中

明月別枝驚鵲、清風半夜鳴蟬。稻花香裏說豐年、聽取蛙聲一片。　七八箇星天外、兩三點雨山前。舊時茆店社林邊、路轉溪橋忽見。

春晚

賸欲讀書已嬾、只因多病長閒。聽風聽雨小窗眠、過了春光太半。　往事如尋去鳥、清愁難解連環。流鶯不肯入西園、喚起畫梁飛燕。

木樨

金粟如來出世、蘂宮仙子乘風。清香一袖意無窮、洗盡塵緣千種。　長爲西風作主、更居明月光中。十分秋意與玲瓏、拚却今宵無夢。

壽祐之弟時新居落成 丁

畫棟新垂簾幙、華燈未放笙歌。一盃瀲灩

壽錢塘弟正月十六日時新居成

泛金波先向太夫人賀　富貴吾應自有功名不用渠多只將綠鬢抵義娥金印須教斗大

遣興

醉裏且貪歡笑要愁那得工夫近來始覺古人書信著全無是處　昨夜松邊醉倒問松我醉何如只疑松動要來扶以手推松曰去

和趙晉臣敷文賦秋水瀑泉

八萬四千偈后更誰妙語披襟紉蘭結佩有同心喚取詩翁來飲　鏤玉裁冰著句高山流水知音胸中不受一塵侵却怕靈均獨醒

悠然閣

一柱中擎遠碧兩峰旁聳高寒橫陳削盡短長山莫把一分增減　我望雲煙目斷人言風景天慳被公詩筆盡追還重上層梯一覽

示兒曹以家事付之

萬事雲煙忽過，百年蒲柳先衰。而今何事最相宜。宜醉，宜遊，宜睡。　早趁催科了納，更量出入收支。酒翁依舊管些兒。管竹，管山，管水。

又

粉面都成醉夢，霜髯能幾春秋。來時誦我伴牢愁。一見尊前似舊。　詩在陰何側畔，字居羅趙前頭。錦囊來往幾時休。已遣蛾眉等候。

朝中措

醉歸寄祐之弟

籃輿嫋嫋破重岡，玉笛兩紅粧。這裏都愁酒盡，那邊正和詩忙。　爲誰醉倒，爲誰歸去，都莫思量。白水東邊籬落，斜陽欲下牛羊。

又

綠萍池沼絮飛忙，花入蜜脾香。長恨春歸

何處誰知箇裏迷藏　殘雲賸雨些兒意思直恁思量不是流鶯驚覺夢中啼損紅粧

又

夜深殘月過山房睡覺北窗涼起遶中庭獨步一天星斗文章　朝來客話山林鍾鼎那處難忘君向沙頭細問白鷗知我行藏

爲人壽

年年黃菊艷秋風更有拒霜紅黃似舊時宮額紅如此日芳容　靑靑未老尊前要看兒輩平戎試釀西江爲壽西江綠水無窮

又

年年金蘂艷西風人與菊花同霜鬢經春重綠仙姿不飲長紅　焚香度日儘從容笑語調兒童一歲一盃爲壽從今更數千鍾

九日小集時楊世長將赴南宮

年年團扇怨秋風愁絕寶盃空山下臥龍丰度臺前戲馬英雄　而今休也花殘一似人老花同莫怪東籬韻減只今丹桂香濃

淸平樂

博山道中卽事

柳邊飛鞚露溼征衣重宿鷺窺沙孤影動應有魚鰕入夢　一川明月疎星浣紗人影娉婷笑背行人歸去門前稚子啼聲

又

茅簷低小溪上靑靑草醉裏吳音相媚好白髮誰家翁媼　大兒鋤豆溪東中兒正織雞籠最喜小兒亡賴溪頭看剝蓮蓬

獨宿博山王氏菴

遶牀飢鼠蝙蝠翻燈舞屋上松風吹急雨破紙窗間自語　平生塞北江南歸來華髮蒼顏布被秋宵夢覺眼前萬里江山

九日小集時楊世長將赴南宮

年年團扇怨秋風。愁絕寶杯空。山下臥龍丰度。臺前戲馬英雄。　而今休也。花殘一似人老花同。莫怪東籬韻減。只今丹桂香濃。

清平樂

博山道中即事

柳邊飛鞚。露濕征衣重。宿鷺窺沙孤影動。應有魚蝦入夢。一川明月疎星。浣紗人影娉婷。笑背行人歸去。門前稚子啼聲。

又

茅簷低小。溪上青青草。醉裏吳音相媚好。白髮誰家翁媼。　大兒鋤豆溪東。中兒正織雞籠。最喜小兒亡賴。溪頭臥剝蓮蓬。

獨宿博山王氏菴

遶牀饑鼠。蝙蝠翻燈舞。屋上松風吹急雨。破紙窗間自語。　平生塞北江南。歸來華髮蒼顏。布被秋宵夢覺。眼前萬里江山。

情　嬾

檢校山園書所見　甲

連雲松竹，萬事從今足。拄杖東家分社肉，白酒牀頭初熟。西風梨棗山園，兒童偷把長竿，莫遣旁人驚去，老夫靜處閒看。

又　甲　有題目前首

斷崖松竹竹裏藏冰玉路轉清溪三百曲香滿黃昏雪屋　行人繫馬疏籬折殘猶有高枝留得東風數點只緣嬌嫩春遲

爲兒鐵柱作　丁　无題　花庵

靈皇醮罷福祿都來也試引鵷雛花樹下斷了驚驚怕怕　從今日日聰明更宜潭妹嵩兒看取辛家鐵柱無災無難公卿

木樨

月明秋曉翠蓋團團好碎剪黃金教恁小都著葉兒遮了　打來休似年時小窗能有高低無頓許多香處只消三兩枝兒

再賦　丙

東園向曉陣陣西風好喚起仙人金小小

翠羽玲瓏裝了　一枝枕畔開時羅幃翠幙垂低恁地十分遮護打窗早有蜂兒

憶吳江賞木樨

少年痛飲憶向吳江醒明月團團高樹影十里水沉煙冷　大都一點宮黄人間直恁芳芬怕是秋天風露染教世界都香

壽信守王道夫

此身長健還却功名願枉讀平生三萬卷滿酌金盃聽勸　男兒玉帶金魚能消幾許詩書料得今宵醉也兩行紅袖爭扶

壽趙民則提刑時新除且素不喜飲

詩書萬卷合上明光殿案上文書看未遍眉裏陰功早見　十分竹瘦松堅看君自是長年若解尊前痛飲精神便是神仙

題上盧橋

清泉犇快不管青山礙十里盤盤平世界更著溪山襟帶　古今陵谷茫茫市朝往

往耕桑此地居然形勝似曾小小興亡

又

清詞索笑莫厭銀盃小應是天孫新與巧剪恨裁愁句好　有人夢斷關河小窗日飲亡何想見重簾不捲淚痕滴盡湘娥

呈趙昌甫時僕以病止酒昌甫作詩數篇末及之

雲煙草樹山北山南雨溪上行人相背去惟有啼鴉一處　門前萬斛春寒梅花可

煞摧殘使我長忘酒易要君不作詩難

書王德由主簿扇

溪回沙淺紅杏都開遍鸂鶒不知春水暖猶傍垂楊春岸　片帆千里輕船行人想見欹眠誰似先生高舉一行白鷺靑天

好事近

中秋席上和王路鈐

明月到今宵長是不如人約想見廣寒宮殿正雲梳風掠　夜深休更喚笙歌簷頭

雨聲惡不是小山詞就這一場寥索

送李復州致一席上和韻

和淚唱陽關依舊字嬌聲穩回首長安何處怕行人歸晚　垂楊折盡只啼鴉把離愁勾引却笑遠山無數被行雲低損

席上和王道夫賦元夕立春

綵勝鬬華燈平把東風吹却喚取雪中明月伴使君行樂　紅旗鐵馬響春冰老去此情薄惟有前村梅在倩一枝隨著

和城中諸友韻

雲氣上林梢畢竟非空非色風景不隨人去到而今留得　老無情味到篇章詩債怕人索却笑近來林下有許多詞客

稼軒長短句卷之十終

稼軒長短句卷之十一

菩薩蠻

金陵賞心亭爲葉丞相賦

青山欲共高人語聯翩萬馬來無數煙雨却低回望來終不來　人言頭上髮總向愁中白拍手笑沙鷗一身都是愁

用前韻

錦書誰寄相思語天邊數徧飛鴻數一夜夢千回梅花入夢來　漲痕紛樹髮霜落瀟湘白心事莫驚鷗人間千萬愁

又

江搖病眼昏如霧送愁直到津頭路歸念樂天詩人生足別離　雲屏深夜語夢到君知否玉筯莫偷垂斷腸天不知

書江西造口壁

鬱孤臺下清江水中間多少行人淚西北望長安可憐無數山　青山遮不住畢竟東流去江晚正愁余山深聞鷓鴣

又

西風都是行人恨馬頭漸喜歸期近試上
小紅樓飛鴻字字愁　闌干閒倚處一帶
山無數不似遠山横秋波相共明

又

功名飽聽兒童說看公兩眼明如月萬里
勒燕然老人書一編　玉階方寸地好趂
風雲會他日赤松游依然萬戶侯

送祐之弟歸浮梁

無情最是江頭柳長條折盡還依舊木葉
下平湖雁來書有無　雁無書尚可好語
憑誰和風雨斷腸時小山生桂枝

送鄭守厚卿赴闕

送君直上金鑾殿情知不久須相見一日
甚三秋愁來不自由　九重天一笑定是
留中了白髮少經過此時愁奈何

送曹君之莊所

人間歲月堂堂去勸君快上青雲路聖處

一燈傳工夫螢雪邊　麴生風味惡辜負
西窗約沙岸片帆開寄書無雁來

席上分賦得櫻桃

香浮乳酪玻璃盌年年醉裏嘗新慣何物
比春風歌唇一點紅　江湖清夢斷翠籠
明光殿萬顆瀉輕匀低頭愧野人

賦摘阮

阮琴斜挂香羅綬玉纖初試琵琶手桐葉
雨聲乾珍珠落玉盤　朱絃調未慣笑倩

東風伴莫作別離聲且聽雙鳳鳴

雪樓賞牡丹席上用楊民瞻韻

紅牙籤上羣仙格翠羅蓋底傾城色和雨
淚闌干沉香亭北看　東風休放去怕有
流鶯訴試問賞花人曉粧匀未匀

和盧國華提刑

旌旗依舊長亭路尊前試點鶯花數何處
捧心顰人間別樣春　功名君自許少日
聞鷄舞詩句到梅花春風十萬家時籍中有放自

誰解探玲瓏看山十里空

便
者

贈張蹙道服爲别且令餽河豚

萬金不換囊中術上蹙元自能蹙國軟語到更闌綈袍范叔寒　江頭楊柳路馬踏春風去快趂兩三杯河豚欲上來

趙晉臣席上時張菩提葉燈趙茂嘉扶病攜歌者

看燈元是菩提葉依然會說菩提法法似一燈明須臾千萬燈　燈邊花更滿誰把空花散説與病維摩而今天女歌

題雲巖

游人占卻巖中屋白雲只在檐頭宿嗁烏苦相催夜深歸去來　松篁通一徑噤嘇山花冷今古幾千年西鄉小有天

重到雲巖戲徐斯遠

君家玉雪花如屋未應山下成三宿啼烏幾曾催西風猶未來　山房連石徑雲卧衣裳冷倩得李延年清歌送上天

晝眠秋水

葛巾自向滄浪濯朝來漉酒那堪着高樹莫鳴蟬晚涼秋水眠　竹床能幾尺上有華胥國山上咽飛泉夢中琴斷弦

卜算子

尋春作

脩竹翠蘿寒遲日江山莫幽逕無人獨自芳此恨知無數　只共梅花語懶逐遊絲去著意尋春不肯香香在無尋處

爲人賦荷花

紅粉靚梳粧翠蓋低風雨占斷人間六月涼明月鴛鴦浦　根底藕絲長花裏蓮心苦只爲風流有許愁更覷佳人步

聞李正之茶馬訃音

欲行且起行欲坐重來坐坐坐行行有倦時更枕閒書臥　病是近來身嬾是從前我淨掃瓢泉竹樹陰且恁隨緣過

飲酒敗德

盜跖儻名丘孔子如名跖跖聖丘愚直到

用韻答趙晉臣敷文趙有眞得歸方是閒二堂

百郡怯登車，千里輸流馬。乞得膠膠擾擾身，卻笑區區者。野水玉鳴渠，急雨珠跳瓦。一榻清風方是閒，眞是歸來也。

又

萬里籋浮雲，一噴空凡馬。歎息曹瞞老驥詩，伏櫪如公者。山鳥哢窺簷，野鼠飢翻瓦。老我癡頑合住山，此地菟裘也。

齒落

剛者不堅牢，柔底難摧挫。不信張開口角看，舌在牙先墮。已闕兩邊廂，又豁中間箇。說與兒曹莫笑翁，狗竇從君過。

飲酒成病

一箇去學仙，一箇去學佛。仙飲千盃醉似泥，皮骨如金石。不飲便康彊，佛壽須千百。八十餘年入涅盤，且進一盃中物。

飲酒不寫書

一飲動連宵一醉長三日廢盡寒温不寫書富貴何由得　請看塚中人塚似當時筆萬札千書只恁休且進盃中物

醜奴兒

醉中有歌此詩以勸酒者聊櫽括之

晚來雲淡秋光薄落日晴天落日晴天堂上風斜畫燭煙　從渠去買人間恨字字都圓字字都圓腸斷西風十四絃

又

尋常中酒扶頭後歌舞支持歌舞支持誰把新詞喚住伊　臨岐也有旁人笑笑已爭知笑已爭知明月樓空燕子飛

書博山道中壁

煙蕪露麥荒池柳洗雨烘晴洗雨烘晴一樣春風幾樣青　提壺脫袴催歸去萬恨千情萬恨千情各自無聊各自鳴

又

此生自斷天休問獨倚危樓獨倚危樓不信人間別有愁　君來正是眠時節君且歸休君且歸休說與西風一任秋

又

書博山道中壁

少年不識愁滋味愛上層樓愛上層樓爲賦新詞强說愁　而今識盡愁滋味欲說還休欲說還休卻道天涼好箇秋

又

近來愁似天來大誰解相憐誰解相憐又把愁來做箇天　都將今古無窮事放在愁邊放在愁邊卻自移家向酒泉

和鉛山陳簿韻二首　丁亥題

鵶湖山下長亭路明月臨關明月臨關幾陣西風落葉乾　新詞誰解裁氷雪筆墨生寒筆墨生寒會說離愁千萬般

又

年年索盡梅花笑疏影黃昏疏影黃昏香滿東風月一痕　清詩冷落無人寄雪豔

葛巾自向滄浪濯朝來漉酒那堪着高樹莫鳴蟬晚涼秋水眠　竹床能幾尺上有華胥國山上咽飛泉夢中琴斷弦

卜算子

尋春作

脩竹翠蘿寒遲日江山莫幽逕無人獨自芳此恨知無數　只共梅花語嬾逐遊絲去著意尋春不肯香香在無尋處

爲人賦荷花

紅粉靚梳粧翠蓋低風雨占斷人間六月涼明月鴛鴦浦　根底藕絲長花裏蓮心苦只爲風流有許愁更襯佳人步

聞李正之茶馬訃音

欲行且起行欲坐重來坐坐坐行行有倦時更枕閒書臥　病是近來身嬾是從前我淨掃瓢泉竹樹陰且恁隨緣過

飲酒敗德

盜跖儻名丘孔子如名跖跖聖丘愚直到

今美惡無眞實　簡策寫虛名螻蟻侵枯骨千古光陰一霎時且進盃中物

用莊語

一以我爲牛一以我爲馬人與之名受不辭善學莊周者　江海任虛舟風雨從飄瓦醉者乘車墜不傷全得於天也

漫興

夜雨醉瓜廬春水行秧馬檢㸃田間快活人未有如翁者　掃禿兔毫錐磨透銅臺瓦誰伴楊雄作解嘲烏有先生也

又

珠玉作泥沙山谷量牛馬試上纍纍邱壠看誰是強梁者　水浸淺深簷山壓高低瓦山水朝來笑問人翁早歸來也

又

千古李將軍奪得胡兒馬李蔡爲人在下中卻是封侯者　芸草去陳根筧竹添新瓦萬一朝廷舉力田舍我其誰也

用韻答趙晉臣敷文趙有眞得
歸方是閒堂
百郡怯登車千里輸流馬乞得膠膠擾擾
身卻笑區區者　野水玉鳴渠急雨珠跳
瓦一榻清風方是閒眞是歸來也

又
萬里籥浮雲一噴空凡馬歎息曹瞞老驥
詩伏櫪如公者　山鳥哢窺簷野鼠飢翻
瓦老我癡頑合住山此地菟裘也

齒落
剛者不堅牢柔的難摧挫不信張開口角
看舌在牙先墮　已闕兩邊廂又豁中間
箇說與兒曹莫笑翁狗竇從君過

飲酒成病
一箇去學仙一箇去學佛仙飲千盃醉似
泥皮骨如金石　不飲便康疆佛壽須千
百八十餘年入涅盤且進盃中物

飲酒不寫書

者　張　槃　彊

一飲動連宵一醉長三日廢盡寒温不寫
書富貴何由得　請看塜中人塜似當時
筆萬札千書只恁休且進盃中物

醜奴兒

醉中有歌此詩以勸酒者聊櫽
括之

晚來雲淡秋光薄落日晴天落日晴天堂
上風斜畫燭煙　從渠去買人間恨字字
都圓字字都圓腸斷西風十四絃

又

尋常中酒扶頭後歌舞支持歌舞支持誰
把新詞喚住伊　臨岐也有旁人笑笑已
爭知笑已爭知明月樓空燕子飛

書博山道中壁

煙蕪露麥荒池柳洗雨烘晴洗雨烘晴一
樣春風幾樣青　提壺脫袴催歸去萬恨
千情萬恨千情各自無聊各自鳴

又

此生自斷天休問獨倚危樓獨倚危樓不信人間別有愁　君來正是眠時節君且歸休君且歸休說與西風一任秋

又　丙　書題　書博山道中壁

少年不識愁滋味愛上層樓愛上層樓爲賦新詞強說愁　而今識盡愁滋味欲說還休欲說還休卻道天涼好箇秋

又

近來愁似天來大誰解相憐誰解相憐又把愁來做箇天　都將今古無窮事放在愁邊放在愁邊卻自移家向酒泉

和鉛山陳簿韻二首　丁未題

鵝湖山下長亭路明月臨關明月臨關幾陣西風落葉乾　新詞誰解裁冰雪筆墨生寒筆墨生寒會說離愁千萬般

又

年年索盡梅花笑疎影黃昏疎影黃昏香滿東風月一痕　清詩冷落無人寄雪豔

此生自斷天休問獨倚危樓獨倚危樓不
信人間別有愁 君來正是眠時節君且
歸休君且歸休說與西風一任秋

又

少年不識愁滋味愛上層樓愛上層樓為
賦新詞強說愁 而今識盡愁滋味欲說
還休欲說還休卻道天涼好個秋

又

近來愁似天來大誰解相憐誰解相憐又
把愁來做個天 都將今古無窮事放在
愁邊放在愁邊卻自移家向酒泉

和鉛山陳簿韻二首

鵝湖山下長亭路明月臨關明月臨關幾
陣西風落葉乾 新詞誰解裁冰雪筆墨
生寒筆墨生寒會說離愁千萬般

又

滿東風月一痕 清詩冷落無人寄雪艷
年年索盡梅花笑疏影黃昏疏影黃昏香

氷魂雪豔氷魂浮玉溪頭煙樹村

浣溪沙

未到山前騎馬回風吹雨打已無梅共誰消遣兩三盃　一似舊時春意思百無是處老形骸也曾頭上戴花來

黄沙嶺

寸步人間百尺樓孤城春水一沙鷗天風吹樹幾時休　突兀趂人山石狠朦朧避路野花羞人家平水廟東頭

壽内子

壽酒同斟喜有餘朱顔卻對白髭鬚兩人百歲恰乘除　婚嫁剩添兒女拜平安頻拆外家書年年堂上壽星圖

瓢泉偶作

新葺茆簷次第成青山恰對小窗横去年曾共燕經營　病卻盃盤甘止酒老依香火苦翻經夜來依舊管絃聲

壬子春赴閩憲别瓢泉

細聽春山杜宇啼一聲聲是送行詩朝來白鳥背人飛　對鄭子眞喦石卧赴陶元亮菊花期而今堪誦北山移

常山道中卽事

北隴田高踏水頻西溪禾早已嘗新隔牆沽酒煑纖鱗　忽有微涼何處雨更無留影霎時雲賣瓜人過竹邊村

偕杜叔高吳子似宿山寺戲作

花向今朝粉面勻柳因何事翠眉顰東風吹雨細於塵　自笑好山如好色只今懷樹更懷人閒愁閒恨一翻新

又

歌串如珠箇箇勻被花勾引笑和顰向來驚動畫梁塵　莫倚笙歌多樂事相看紅紫又抛人舊巢還有燕泥新

又

父老爭言雨水勻眉頭不似去年顰殷勤謝卻甑中塵　啼鳥有時能勸客小桃無

賴已撩人梨花也作白頭新

別杜叔高

這裏裁詩話別離那邊應是望歸期人言心急馬行遲　去雁無憑傳錦字春泥抵死污人衣海棠過了有荼蘼

席上趙景山提幹賦溪臺和韻

臺倚崩崖玉滅痕青山卻作捧心顰遠林煙火幾家村　引入滄浪魚得計展成寥闊鶴能言幾時高處見層軒

又

妙手都無斧鑿痕飽參佳處卻成顰恰如春入浣花村　筆墨今宵光有豔管絃從此悄無言主人席次兩眉軒

種松竹未成

草木於人也作疎秋來咫尺異榮枯空山歲晚孰華余　孤竹君窮猶抱節赤松子嫩已生鬚主人相愛肯留無

種梅菊

百世孤芳肯自媒直須詩句與推排不然喚近酒邊來　自有陶潛方有菊若無和靖即無梅秖今何處向人開

別澄上人併送性禪師

梅子生時到幾回桃花開後不須猜重來松竹意徘徊　慣聽禽聲應可譜飽觀魚陣已能排晚風挾雨喚歸來

山花子

答傅嵓叟酬春之約

艷杏夭桃兩行排莫攜歌舞去相催次第未堪供醉眼去年栽　春意纔從梅裏過人情都向柳邊來咫尺東家還又有海棠開

用韻謝傅嵓叟瑞香之惠

句裏明珠字字排多情應也被春催怪得名花和淚送雨中栽　赤腳未安芳斛穩娥眉早把橘枝來報道錦薰籠底下麝臍開

以上二首皆壬子作

丙集作宋無名氏

三山戲作

記得瓢泉快活時，長年耽酒更吟詩。驀地捉將來斷送，老頭皮。遶屋人扶行不得，閒窗學得鷓鴣啼，卻有杜鵑能勸道，不如歸。

又

日日閒看燕子飛，舊巢新壘畫簾低，玉麻今朝推戊已住啣泥。先自春光留不住，那堪更著子規啼。一陣晚香吹不斷，落花溪。

丙 與客賞山茶一朵忽墮地戲作

酒面低迷翠被重，黃昏院落月朦朧，墮髻啼粧孫壽醉，泥秦宮。試問花留春幾日，略無人管雨和風，瞥向綠珠樓下見，墜殘紅。

簡傅嵓叟 丙

總把平生入醉鄉，大都三萬六千場。今古悠悠多少事，莫思量。微有些寒春雨好。

更無尋處野花香。年去年來還又笑。燕飛忙。

用前韻謝傅嵒叟餽名花鮮蕈

楊柳温柔是故鄉紛紛蜂蝶去年場大率一春風雨事最難量 滿把攜來紅粉面堆盤更覺紫芝香幸自麴生閒去了又教忙纔止酒

病起獨坐停雲

彊欲加餐竟未佳只宜長伴病僧齋心似風吹香篆過也無灰 山下朝來雲出岫隨風一去未曾回次第前村行雨了合歸來

虞美人

賦荼蘼

羣花泣盡朝來露爭怨春歸去不知庭下有荼蘼偷得十分春却怕春知 淡中有味清中貴飛絮殘紅避露華微浸玉肌香恰似楊妃初試出蘭湯

（乙集有次韻一首題曰夜深因衍庠見後）

（送趙達夫）

壽趙文鼎提舉（乙）

翠屏羅幙遮前後舞袖翻長壽紫髯冠佩御爐香看取明年歸奉萬年觴。今宵池上蟠桃席咫尺長安日寶煙飛焰萬花濃試看中間白鶴駕仙風

（敔）用前韻（乙）

一盃莫落他人後富貴功名壽胸中書傳有餘香寫得蘭亭小字記流觴　問誰分我漁樵席江海消閒日看看天上拜恩濃卻怕畫樓無處著春風

賦虞美人草（乙）（丁卯）

當年得意如芳草日日春風好拔山力盡忽悲歌飲罷虞兮從此奈君何　人間不識精誠苦貪看青青舞蓦然斂袂卻亭亭怕是曲中猶帶楚歌聲

浪淘沙

山寺夜半聞鐘（丙）

身世酒盃中萬事皆空古來三五箇英雄

雨打風吹何處是漢殿秦宮　夢入少年
叢歌舞匆匆老僧夜半誤鳴鐘驚起西窗
眠不得捲地西風

賦虞美人草

不肯過江東玉帳匆匆只今草木憶英雄
唱著虞兮當日曲便舞春風　兒女此情
同往事朦朧湘娥竹上淚痕濃舜蓋重瞳
堪痛恨羽又重瞳

送吳子似縣尉

金玉舊情懷風月追陪扁舟千里興佳哉
不似子猷行半路卻棹船回　來歲菊花
開記我清盃西風雁過瑣山臺把似倩他
書不到好與同來

減字木蘭花

宿僧房有作

僧窗夜雨茶鼎熏爐宜小住卻恨春風勾
引詩來惱殺翁　狂歌未可且把一尊料
理我我到亡何卻聽儂家陌上歌

紀壁間題

又

昨朝官告一百五年村父老更莫驚疑剛道八生七十稀　使君喜見恰限華堂開壽宴問壽如何百代兒孫擁太婆

長沙道中壁上有婦人題字若有恨者用其意爲賦　甲

盈盈淚眼。往日青樓天樣遠。秋月春花。輸與尋常姊妹家。　水村山驛。日莫行雲無氣力。錦字偷裁。立盡西風雁不來。

稼軒長短句卷之十一終　淳熙本丙有者二十四首

稼軒長短句卷之十二

南歌子

山中夜坐

世事從頭減，秋懷徹底清。夜深猶送枕邊聲。試問清溪底事未能平。　月到愁邊白，雞先遠處鳴。是中無有利和名。因甚山前未曉有人行。

獨坐蔗菴

玄入參同契，禪依不二門。細看斜日隙中塵。始覺人間何處不紛紛。　病笑春先到，閒知嬾是眞。百般啼鳥苦撩人。除却提壺此外不堪聞。

新開池戲作

散髮披襟處，浮瓜沉李杯。涓涓流水細侵階。鑿箇池兒喚箇月兒來。　畫棟頻搖動，紅蕖盡倒開。鬬勻紅粉照香腮。有箇人人把做鏡兒猜。

醉太平

春晚

態濃意遠眉顰笑淺薄羅衣窄絮風軟鬢雲欺翠捲　南園花樹春光暖紅香徑裏榆錢滿欲上鞦韆又驚嬾且歸休怕晚

漁家傲

爲余伯熙察院壽信之識云水打烏龜石三台出此時伯熙舊居城西直龜山之北溪水齧山足矣意伯熙當之耶伯熙學道

有新功一日語余云溪上嘗得異石有文隱然如記姓名且有長生等字余未之見也因其生朝姑摭二事爲詞以壽之

道德文章傳幾世到君合上三台位自是君家門戶事當此際龜山正抱西江水三萬六千排日醉鬢毛只恁青青地江裏石頭爭獻瑞分明是中間有箇長生字

錦帳春

席上和杜叔高

春色難留，酒盃常淺，更舊恨新愁相間。五更風，千里夢，看飛紅幾片，這般庭院。　幾許風流，幾般嬌嬾，問相見何如不見。燕飛忙，鶯語亂，恨重簾不捲，翠屏平遠。

太常引

建康中秋夜為呂潛叔賦

一輪秋影轉金波，飛鏡又重磨。把酒問姮娥，被白髮欺人柰何。　乘風好去，長空萬里，直下看山河。斫去桂婆娑，人道是清光更多。

壽韓南澗尚書

君王著意履聲間，便合押紫宸班。今代又尊韓，道吏部文章泰山。　一盃千歲，問公何事，早伴赤松閒。功業後來看，似江左風流謝安。

賦十四絃

仙機似欲織纖羅，髣髴度金梭。無柰玉纖

何却彈作淸商恨多　珠簾影裏如花半
面絕勝隔簾歌世路苦風波且痛飲公無
渡河

壽趙晉臣敷文

論公耆德舊宗英吳季子百餘齡奉使老
於行更看舞聽歌最精　須同衞武九十
入相蓑竹自靑靑富貴出長生記門外淸
溪姓彭彭溪晉臣居也

東坡引

閨怨

玉纖彈舊怨還敲繡屏面淸歌目送西風
雁雁行吹字斷雁行吹字斷　夜深拜月
瑣窗西畔但桂影空階滿翠帷自掩無人
見羅衣寬一半羅衣寬一半

又

君如梁上燕妾如手中扇團團靑影雙雙
伴秋來腸欲斷秋來腸欲斷　黃昏淚眼
靑山隔岸但咫尺如天遠病來只謝傍人

勸龍華三會願龍華三會願

又

花稍紅未足絛破鶯新綠重簾下偏闌干曲有人春睡熟有人春睡熟　鳴禽破夢雲偏蹙起來香腮褪紅玉花時愛與愁相續羅裙過半幅羅裙過半幅

夜遊宮

苦俗客

幾箇相知可喜才廝見說山說水顛倒爛熟只這是怎柰向一回說一回美　有箇尖新底說底話非名即利說的口乾罪過你且不罪俺略起去洗耳

戀繡衾

無題

長夜偏冷添被兒枕頭兒移了又移我自是笑別人底却元來當局者迷　如今只恨因緣淺也不會抵死恨伊合手下安排了那筵席須有散時

稍當作梢

杏花天

無題

病來自是於春嬾但別院笙歌一片蛛絲網遍玻瓈盞更問舞裙歌扇 有多少鶯愁蝶怨甚夢裏春歸不管楊花也笑人情淺故故沾衣撲面

又

牡丹昨夜方開徧畢竟是今年春晚荼蘼付與薰風管燕子忙時鶯嬾 多病起日長人倦不待得酒闌歌散甫能得見茶甌面却早安排腸斷

嘲牡丹

牡丹比得誰顏色似宮中太眞第一漁陽鼙鼓邊風急人在沉香亭北 買栽池館多何益莫虛把千金拋擲若教解語應傾國一箇西施也得

唐河傳

傚花間體

春水、千里、孤舟浪起。夢攜西子。覺來村巷夕陽斜、幾家短牆紅杏花。　晚雲做造些兒雨、折花去、岸上誰家女。太狂顛、那邊柳綿、被風吹上天。

醉花陰

爲人壽

黃花謾說年年好也趁秋光老綠鬢不驚秋若鬬尊前人好花堪笑　蟠桃結子知多少家住三山島何日跨飛鸞滄海飛塵人世因緣了

品令

族姑慶八十來索俳語

更休說便是箇住世觀音菩薩甚今年容貌八十歲見底道纔十八　莫獻壽星香燭莫祝靈椿龜鶴只消得把筆輕輕去十字上添一撇

惜分飛

春思

翡翠樓前芳草路寶馬墜鞭曾駐最是周郎顧幾度歌聲誤　望斷碧雲空日暮流水桃源何處聞道春歸去更無人管飄紅雨

柳梢青

和范先之席上賦牡丹

姚魏名流年年攬斷雨恨風愁解釋春光剩須破費酒令詩籌　玉肌紅粉温柔更染盡天香未休今夜簪花他年第一玉殿東頭

三山歸途代白鷗見嘲

白鳥相迎相憐相笑滿面塵埃華髮蒼顏去時曾勸聞早歸來　而今豈是高懷為千里蓴羹計哉好把移文從今日日讀取千回

辛酉生日前兩日夢一道士話長年之術夢中痛以理折之覺而賦八難之辭

莫鍊丹難黃河可塞金可成難休辟穀難吸風飲露長忍飢難　勸君莫遠遊難何處有西王母難休采藥難人沉下土我上天難

河瀆神

女城祠効花間體

芳草綠萋萋斷腸絕浦相思山頭人望翠雲旗蕙肴桂酒君歸　惆悵晝簷雙燕舞東風吹散靈雨香火冷殘簫鼓斜陽門外今古

武陵春

春興

桃李風前多嫵媚楊柳更溫柔喚取笙歌爛熳遊且莫管閒愁　好趁晴時連夜賞雨便一春休草草盃盤不要收纔晚又扶頭

又

走去走來三百里五日以爲期六日歸時

已是疑應是望多時　鞭箇馬兒歸去也心急馬行遲不免相煩喜鵲兒先報那人知

謁金門

無題 （和廉之五月雪樓小集韻）

遮素月雲外金蛇明滅翻樹啼鴉聲未徹雨聲驚落葉　寶炬成行嫌熱玉腕藕絲誰雪流水高山絃斷絕怒蛙聲自咽

又

山吐月畫燭從教風滅一曲瑤琴纔聽徹金蕉三兩葉　驟雨微涼還熱似欠舞瓊歌雪近日醉鄉音問絕有時清淚咽

又

歸去未風雨送春行李一枕離愁頭徹尾如何消遣是　遙想歸舟天際綠鬢瓏璁慵理好夢未成鶯喚起粉香猶有殢

酒泉子

無題

萬

流水無情潮到空城頭盡白離歌一曲怨殘陽斷人腸　東風宫柳舞雕牆三十六宫花濺淚春聲何處說興亡燕雙雙

霜天曉角

旅興　花庵題作別意

吳頭楚尾一棹人千里休説舊愁新恨長亭樹今如此　宦游吾倦矣玉人留我醉明日落花寒食得且住爲佳耳

又

暮山層碧掠岸西風急一葉軟紅深處應不是利名客　玉人還佇立綠窗生怨泣萬里衡陽歸恨先倩雁寄消息

點絳脣

留博山寺聞光風主人微恙而歸時春漲斷橋

隱隱輕雷雨聲不受春回護落梅如許吹盡牆邊去　春水無情礙斷溪南路憑誰訴寄聲傳語沒箇人知處

復用前韻

又 丁

身後虛名古來不換生前醉靑鞋自喜不
踏長安市　竹外僧歸路指霜鐘寺孤鴻
起丹靑手裏翦破松江水

生查子

山行寄楊民瞻 甲

昨宵醉裏行山吐三更月不見可憐人一
夜頭如雪　今宵醉裏歸明月關山笛收
拾錦囊詩要寄楊雄宅

民瞻見和再用韻 甲

誰傾滄海珠簸弄千明月喚取酒邊來軟
語裁春雪　人間無鳳凰空費穿雲笛醉
裏却歸來松菊陶潛宅

有覓詞者爲賦 丙

去年燕子來繡戶深深處花徑得泥歸都
把琴書汚　今年燕子來誰聽呢喃語不
見捲簾人一陣黃昏雨

獨遊雨巖 乙

溪邊照影行，天在清溪底。天上有行雲，人在行雲裏。高歌誰和余，空谷清音起。非鬼亦非僊，一曲桃花水。

又

青山招不來，偃蹇誰憐汝。歲晚太寒生，喚我溪邊住。山頭明月來，本在天高處。夜夜入清溪，聽讀離騷去。

又

青山非不佳，未解留儂住。赤腳踏層冰，爲愛青溪故。朝來山鳥啼，勸上山高處。裁意不關渠，自在尋詩去。

簡吳子似縣尉

高人千丈崖，太古儲冰雪。六月火雲時，一見森毛髮。俗人如盜泉，照影都昏濁。高處掛吾瓢，不飲吾寧渴。

和趙晉臣敷文春雪

漫天春雪來，纔抵梅花半。最愛雪邊人，楚些裁成亂。雪兒偏解歌，只要金盃滿。誰

嘉泰甲子開禧乙丑間作

乙集本調名爲[illegible]

此湖南時作

無此七字

風雨

遮雲天寒翠袖闌干暖

又

梅子褪花時，直與黃梅接。煙雨幾曾開，一春江裏活。　富貴使人忙，也有閒時節。莫作路旁花，長教人看殺。

題京口郡治塵表亭

悠悠萬世功，矻矻當年苦。魚自入深淵，人自居平土。　紅日又西沉，白浪長東去。不是望金山，我自思量禹。

尋芳草　嘲陳莘叟憶內

有得許多淚，更閒卻許多鴛被，枕頭兒放處都不是舊家時，怎生睡。　更也沒書來，那堪被雁兒調戲，道無書卻有書中意，排幾箇人人字。

阮郎歸　耒陽道中爲張處父推官賦

山前燈火欲黃昏，山頭來去雲，鷓鴣聲裏

數家村瀟湘逢故人揮羽扇整綸巾少年鞍馬塵如今憔悴賦招魂儒冠多誤身

昭君怨

豫章寄張守定叟

長記瀟湘秋晚歌舞橘洲人散走馬月明中折芙蓉 今日西山南浦畫棟珠簾雲雨風景不爭多奈愁何

送晁楚老遊荊門

夜雨剪殘春韭明日重斟別酒君去問曹瞞好公安 試看如今白髮卻爲中年離別風雨正崔嵬早歸來

又

人面不如花面花到開時重見獨倚小闌干許多山 落葉西風時候人共青山都瘦說到夢陽臺幾曾來

烏夜啼

山行約范先之不至

江頭醉倒山公月明中記得昨宵歸路笑

兒童。溪欲轉山已斷。兩三松。一段可憐風月欠詩翁。

先之見和復用韻

人言我不如公酒盃中。更把平生湖海問兒童。千尺蔓雲葉亂。繫長松。卻笑一身纏繞似衰翁。

又

晚花露葉風條燕燕高行過長廊西畔小紅橋　歌再唱人再舞酒纔消更把一盃重勸摘櫻桃

一絡索

閨思

羞見鑑鸞孤却。倩人梳掠。一春長是爲花愁甚夜夜東風惡。　行遶翠簾珠箔。錦牋誰託。玉觴淚滿却停觴。怕酒似郎情薄。

信守王道夫席上用趙達夫賦金林檎韻

錦帳如雲處高不知重數夜深銀燭淚成

南湖詩餘有辛幼安席上和呂延一首

邯鄲張埜野夫古山東府

水龍吟　酹稼軒墓在分水嶺下

嶺頭一片青山，可能埋得淩雲氣。遐方異域，當年滴盡，英雄清淚。星斗撐腸，雲煙盈紙，文章游戲。送人間留得，陽春白雪，千載下，無人繼。　不見戟門華第，見蕭蕭竹枯松悴。問誰料理，帶湖煙景，瓢泉風味。萬里中原，不堪回首，人生如寄。且臨風高唱，逍遙舊曲，爲先生酹。

行算都把心期付　莫待燕飛泥污問花
花訴不知花定有情無似却怕新詞妒

如夢令
賦梁燕

燕子幾曾歸去只在翠巖深處重到畫梁
間誰與舊巢爲主深許深許聞道鳳凰來
住

憶王孫
秋江送別集古句

登山臨水送將歸悲莫悲兮生別離不用
登臨怨落暉昔人非惟有年年秋雁飛

大德己亥中呂月刊畢于廣信
書院後學孫粹然同職張公俊

稼軒長短句卷之十二終

余素不解詞而所藏宋元諸名家詞獨富
如汲古閣珍藏祕本書目中所載原稿皆
在焉然皆精抄舊抄而無有宋元槧本頃
從郡故家得此元刻稼軒詞而歎其珍祕
無匹也稼軒詞卷帙多寡不同以此十二
卷者爲最善毛氏亦從此抄出惜其行款
體例有不同耳澗蘋據毛抄以增補闕葉
非遞空撰出者可比而洞仙歌中缺一字
抄本亦無因以墨釘識之其十一卷中四

之五一葉亦即是卷七之八一葉之例非
文有脫落而故強就之也是書得此補足
遂還舊觀至于是書精刻純乎元人松雪
翁書而俗子不知妄爲描寫可謂浮雲之
汙甚至強作解事校改原文如卷十中爲
人壽八十席上戲作有云人間八十最風
流長貼在兒兒額上校者云下兒字當作
孫澗蘋以爲兒兒或是奴家之稱二語之
意當以八字作眉字解如此則改兒爲孫

豈不大可笑乎本擬滅此幾字恐損古書故凡遇俗手描寫處皆不滅其痕後之明眼人當自領之嘉慶己未黃丕烈識

文獻通攷稼軒詞四卷陳氏曰信州本十二卷視長沙爲多此元大德間所刊以卷數考之葢出于信州本宋史藝文志云辛棄疾長短句十二卷亦即此也嘉慶己未蕘圃買得於骨董肆內鈌三葉出舊藏汲古閣抄本命予補之因拾卷中所有之字

集而爲之所無者僅十許耳既成遂識數語於後七月二十二日澗蘋書

光緒丁亥九月從楊鳳阿同年假元大德信州書院十二卷本校毛刻一過按毛本實出元刻特體例既别又併十二卷爲四爲不同耳元本所鈌三葉毛皆漏刻又無端奪去新荷葉朝中措各一闋尤可咲者元本第六卷鈌處醜奴兒近後半適與洞仙歌飛流萬壑一首相接毛家牽連書之幾似醜奴兒近有三疊令人無從句讀又鵲橋僊壽詞長貼在兒兒額上句校者妄

書下兒字當作孫爲顧澗薲黄蕘圃所嗤毛刻於此正改作兒孫是以確知其出於此也中間譌奪觸處皆是然亦有元本譌奪而毛刻是正之處顧跋謂元本奪葉用汲古閣抄本校補何以此本鈌處又適與元刻相符殊不可解往年刻雙白漱玉詞成即擬續刋蘇辛二集以無善本而止今此本既已校正聞鳳阿家尙有宋槧眉山樂府倘再假我以畢此志其爲益爲何如

耶又稼軒詞向以信州十二卷者爲足本莫子偲經眼錄有跋萬載辛氏編刻稼軒全集云詞五卷校汲古閣本增多三十六闋按毛本雖云四卷實併十二爲四併非不足其間鈌漏亦只校元本共少十闋不知辛氏所補云何坿誌以俟知者先冬三日半塘老人記

校栞稼軒詞成率題三絕于後

曉風殘月可人憐婀娜新詞競筦弦何侶三郎催羯鼓夙醒餘穢一時捐

層樓颯雨黯傷春烟柳斜陽獨愴神多少江湖憂樂意滂呼青兕作詞人

信州足本銷沈久汲古叢編亥豕多今日雕鐫撥雲霧廬山眞面問如何

戊子初春臨桂王鵬運幼霞書於四印齋

是刻既成適同里況夔笙孝廬周儀来自蜀中攜有萬載辛啓泰編刻稼軒全集其長短句四卷悉仍毛刻詩文四卷詞補遺一卷則云自永樂大典抄出補詞共三十六闋內唯洞仙歌壽葉丞相一闋已見元刻近又見明人李濂評點稼軒詞為萬曆間刻本始知毛刻誤處皆沿襲於此安得如蕘圃所云毛抄舊本為讎勘也半塘再記